U0501563

【 名 家 诗 歌 典 藏 】

谷川俊太郎诗精选

（日）谷川俊太郎　著

田原　编译

长江出版传媒　长江文艺出版社

目 录

第一辑　一九五〇年代

第二辑　一九六〇年代

第三辑　一九七○年代

第四辑　一九八〇年代

第五辑　一九九〇年代

一九五〇年代

一　九　五　〇　年　代

活　着

活着
六月的百合花让我活着
死去的鱼让我活着
被雨淋湿的幼犬
和那天的晚霞让我活着
活着
无法忘却的记忆让我活着
死神让我活着
活着
猛然回首的一张脸让我活着
爱是盲目的蛇
是扭结的脐带
是生锈的锁
是幼犬的脚脖

我是哨兵

梦才是我谎言的最后堡垒
在许多的天空出入
而我是哨兵
把天空全部串起
绿色的血请为我们流淌吧

呼唤者一边造访每一颗心
一边骑上蜻蜓
从风的舌下逃走
而我是哨兵
不由得因疲乏打起如雷的鼾声

进攻者永远是懦弱的
啊——吊桥已锈蚀得无法动弹
而我是哨兵
将日日夜夜挥剑的声音
悄悄埋葬在后面的田里

梦才是我谎言的最后堡垒
在所有的歌声都停息时
我是哨兵
在与寂静的对刺中
死去吧

春 天

在可爱的郊外电车沿线
有一幢幢乐陶陶的白屋
有一条诱人散步的小路

无人乘坐，也无人下车
田间的小站
在可爱的郊外电车沿线
然而
我还看见了养老院的烟囱

多云的三月天空下
电车放慢了速度
我让瞬间的宿命论
换上梅花的馨香

在可爱的郊外电车沿线
除了春天禁止入内

关于爱

我是被凝视的我
我是令人怀疑的我
我是让人回首的我
我是被迷失的我
但我不是爱

我是逃奔到心中的肉体
是不知道大地的脚
是无法扔掉心的手
是被心凝视的眼
但我不是爱

我是太阳滚过的正午
是被导演的一场戏
是被命名的闺房话
是司空见惯的黑暗
但我不是爱

我是看不见的悲伤
是充满渴望的欢愉
是选择被结合的一个人
是幸福之外的不幸

但我不是爱

我是最温柔的目光
我是多余的理解
我是勃起的阳具
我是不断的憧憬
但我绝不是爱

无　题

我厌倦了

我厌倦了　我的肉体

我厌倦了　茶碗旗帜人行道鸽子

我厌倦了　柔软的长发

我厌倦了　早晨的幻术和夜晚的幻术

我厌倦了　我的心

我厌倦了

我厌倦了　无数毁坏的桥

我厌倦了　蓝天皮肤的娇嫩

我厌倦了　枪声蹄音劣酒

我厌倦了　洁白的衬衫和肮脏的衬衫

我厌倦了　拙劣的诗和绝妙的诗

我厌倦了　小狗跌倒

我厌倦了　每日的太阳

我厌倦了　竖立着的红色信箱

我厌倦了　恐吓者的黑胡须

我厌倦了　初夏背光的田间小路

我厌倦了　日换星移

我厌倦了　我的爱
我厌倦了　故乡的茅草屋

我厌倦了

悲　伤

在听得见蓝天的涛声的地方
我似乎失落了
某个意想不到的东西

在透明的昔日车站
站到遗失物品认领处前
我竟格外悲伤

牧　歌

为了太阳
为了天空
我想唱一支牧歌
为了人类
为了土地
我想唱一支牧歌
为了正午
为了深夜
我想唱一支牧歌

在不知名的小树下止步
倾听虻的振翅之声
在太阳照不到的小巷深处
我想凝视站着撒尿的孩子

为了歌唱　为了歌唱
我常常想沉默不语
我不想再成为诗人
因为我对世界正充满渴望

像虻和蝴蝶
我想用我的翅膀歌唱

像满身污垢的孩子
我想用我的小便歌唱

不知是哪一天
为了忘却全部的牧歌
我想用我的死亡歌唱
正像为了记忆一切
我真的像陷入了沉默的
今天一样

去地球郊游

一起在这儿跳绳吧，在这儿
一起在这儿吃饭团吧
在这儿爱你
你的眼里映着蓝天
你的后背染着艾蒿的绿
一起在这儿记住星座的名字吧

在这儿梦想遥远的一切吧
在这儿去赶海
从黎明的大海
拾来小海星吧
早餐时扔掉它
让夜晚降临吧

在这儿继续说"我回来啦"吧
在你重复"你回来啦"的时候
无数次地回到这儿吧
在这儿喝口热茶
一起在这儿久坐时
被凉风吹拂吧

接 吻

一闭上眼世界便远远离去
只有你的温柔之重永远在试探着我……

沉默化作静夜
如约降临于我们
它此刻不是障碍
而是萦绕我们温柔的遥远
因此我们意想不到地　合而为一……

用比说和看更确切的方式
我们互相寻找
然后在迷失了自己的时候
我们找到了彼此

我究竟想确认什么呢
远道而归的柔情啊
失去了语言　被净化的沉默中
你此刻只是呼吸着

"此刻　你　就是我的生命……"
可连这句话都已成罪过

温柔终于盈满世界

在我为活在温柔中而倒下时

二十亿光年的孤独

人类在小小的球体上
睡觉起床然后工作
有时很想拥有火星上的朋友

火星人在小小的球体上
做些什么，我不知道
（或许啰哩哩、起噜噜、哈啦啦着吗)①
但有时也很想拥有地球上的朋友
那可是千真万确的事

万有引力
是相互吸引孤独的力

宇宙正在倾斜
所以大家渴望相识

宇宙渐渐膨胀
所以大家都感到不安

向着二十亿光年的孤独
我情不自禁地打了个喷嚏

---

① 诗人想象的火星人语言。意为：或许睡觉、起床、劳动。

山庄通信 2

正午是长调的风和蜻蜓
黄昏是小调的喷烟
记忆乘着气息归来
在神精致的记录和预言里
我情不自禁地闭上了眼

在被牢记黑暗的历史里
白桦树的肌肤鲜明
在山峦和花朵的世界观里
我祈愿着所有的过滤

丑陋的最终是谁
矮小的最终是谁
可是
在像遥远山脉壮大的感伤中
我忘记一切
忘记……一切

回　声

季节在陌生的地方奔跑
我听到的只是风声
遗失的东西在我心中发出回音
不停地报告着远近

穿过我过多的情感
世界是一张晴空般的地图
人无居所
最终我也成了流放者

……我是在替谁看家呢
窗外常春藤的影子落在我的额头
变成我的假卷发

阳光把我装扮成年轻的上帝
我并不期待谁的归来
此刻我细心倾听风声
想知道季节跑去的地方

等待着把回声放归世界
等待着世界把高山和峡谷收回

陶　俑

所有的情感和长了青苔的寂静时间
正在你的脑中沉淀
忍受着眼睛深处的两千年之重
你的嘴被天大的秘密封紧

你没有哭，没有笑，也没有恼怒
原因是
因为你不断地哭笑和恼怒着

你没有思考，也没有感受
可是
你不断吸收然后将其永久地沉淀

从地球直接诞生，你是人类以前的人类
正因为缺少神的叹息
你才能为美丽的朴素和健康而自豪
你才能够蕴藏起宇宙

鸟

鸟无法给天空命名
鸟只是在天空飞翔
鸟无法给虫子命名
鸟只是啄食虫子
鸟无法给爱情命名
鸟只是成对地活下去

鸟谙熟歌声
所以鸟觉察不到世界
突如其来的枪声
小小的铅弹使鸟和世界分离
也使鸟和人连结一起
于是人类的弥天大谎在鸟儿中变得谦恭与真实
人类瞬间笃信着鸟
但即便在此时人类都不会相信天空
因此人类不知道与鸟和天空和自己连结一起的谎言
人类总是被无知留下
不久在死亡中为了天空蜕变成鸟
才终于认清巨大的谎言，才终于发觉谎言的真实

鸟无法给活着命名
鸟只是飞来飞去

鸟无法为死亡命名
鸟只是变得无法动弹

天空只是永恒宽广

第 31 首十四行

坐在被世界准备好的椅子上
我突然消失
我大声呼唤
于是留下的只有语言

上帝将谎言的颜料泼向天空
像要模仿天空的颜色
绘画和人都已死掉
只有树向着天空昂扬

我想在祭祀中证明
只要我继续歌唱
幸福就会来丈量我的身长

我诵读的时间之书
一切都写了其实什么也没写
我追根究底地质问昨天

名 家 诗 歌 典 藏

天　空

天空能宽广到何时
天空能宽广到何地
我们活着的时候
天空为什么忍受着自己的碧蓝

我们死去的世界
天空还那么宽广吗
它的下面华尔兹舞曲还在奏响吗
它的下面诗人还会怀疑天空的碧蓝吗

今天的孩子们忙于玩耍
猜拳的小拳头数千次划向天空
跳绳的圈儿又不断测量着天空

天空为什么对一切保持沉默
为什么不说你们别玩了
又为什么不说你们玩吧

蓝天不会枯竭吗
即使在我们死去的世界
如果真的不会枯竭
不枯竭的话

蓝天为什么沉默呢

我们活着的时候
在大街在乡村在海边
天空为什么
独自由白天转入黑夜

礼　物

在你美丽的长颈项上
我想装饰四季
花的颜色天的颜色雪的颜色
为了使你的肤肌永远欢愉

在你深邃温暖的胸怀里
我想装饰大海
有时黯淡有时明亮
我溺水又被救起

在你有弹性的脚脖上
我想装饰风
急于活着
为了不使回忆中的你疲惫

在你像短剑一样的唇上
我什么都不想装饰
因为那是为我而备的有效武器
应该用我的血来装饰

在你瞠目而视的双眸里
我想装饰月亮和太阳

为了我们的白昼和夜晚
我想装饰世界莫大的诱惑
然后你的心
和你温情的肉体
互相装饰
因为总有一天它们会相同
在与你的我接吻时
你的心永远能够听见我的心

第 49 首十四行

有谁知道
我在爱中的死亡
为再次掠夺世界的爱
还是去培育带有温柔的欲望吧

盯着人看时
生命的风采让我回归世界
年轻的树和人的容姿
有时在我心中变得完全相同

巨大的沉默不曾为心命名
就触摸着人们紧闭的口
攫取我所知道的一切

可当时我也是那个沉默
于是我也像树一样
掠夺着世界的爱

博物馆

石斧之类
在玻璃对面寂静无声

星座三番两次地旋转
无数的我们消灭
无数的我们出现

而后
彗星像要无数次碰撞一起
很多盘子被打碎
爱斯基摩犬走动在南极
高大的坟墓被修建在东西方
诗集也被奉上多次
最近
有时摧毁原子
有时总统的女儿唱歌
那些种种事情
从那时就有

石斧之类
在玻璃对面无聊地寂静无声

一九六〇年代

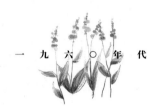

一　九　六　〇　年　代

悲　伤

悲伤
是正在削皮的苹果
不是比喻
不是诗歌
只是存在于此
正在削皮的苹果
悲伤
只是存在于此
昨天的晚报
只是存在于此
只是存在于此
温热的乳房
只是存在于此
的黄昏
悲伤
脱离语言
背离心
只是存在于此
今天所有的一切

沉　默

相爱的两个人
默默相拥
爱总是比爱的语言
更小　偶尔
也正因为过大
相爱的两个人
为了准确和细致地
相爱
默默相拥
只要保持沉默
蓝天是朋友
小石子也是朋友
房间的尘埃
粘在光着的脚底板
弄脏床单
夜晚慢慢地
让一切都变得无名
天空无名
房间无名
世界无名
蹲着的两个人无名
一切都是无名存在的兄弟

只有神
因为它最初的名字之重
像壁虎一样
吧嗒
掉落在两人之间

河　流

妈妈
河流为什么在笑
因为太阳在逗它呀

妈妈
河流为什么在歌唱
因为云雀夸赞它的水声

妈妈
河水为什么冰凉
因为想起了曾被雪爱恋的日子

妈妈
河流多少岁了
总是和年轻的春天同岁

妈妈
河流为什么不休息
那是因为大海妈妈
在等待它的归程

七 月

与这个世界被创造时相同
光突然沉重地照在人们的肩上

活着
是如此简单

一齐开始鸣叫的蝉
像刚学唱的合唱团

人们活过的七月
人们活着的七月……

骤雨冲掉化妆之后
幸福和不幸的面孔一模一样

脸

沙漠是世界的额头
树木是世界的头发
天空是世界的瞳孔
山是鼻子，火是嘴唇
大海是世界的面颊
世界是一张脸
我失明的眼变成两颗黑痣
我冻结的心变成小小的耳环
世界是一张
可怕的微笑的脸

如果语言

还是沉默为好
如果语言
忘却了
一颗小石子的沉默
如果惯用的舌头
将那沉默的
友情和敌意
混淆

还是沉默为好
如果在一个词里
看不到战斗
如果祭祀中
听不到死亡

还是沉默为好
如果语言
不向超越语言的东西
奉献自己
如果不常常为更深的静寂
歌唱

大人的时间

孩子过了一周
会增加一周的伶俐
孩子一周内
能记住五十个新词
孩子在一周之间
可以改变自己
然而大人过了一周
却还是老样子
大人在一周之间
只翻同一本周刊杂志
一周的时间
大人只会训斥孩子

缓慢的视线

1

看一个女人
从她硕大凉帽的影子望向这边

看女人背后的灯台树
看那棵树干上的一个个瘤

飞跑而去的是孩子的自行车
跌落下来的是喷泉

看不肯停止的一切
那被砸毁的铜像

以及脚下的蚂蚁
和蚂蚁运走蚂蚁的尸体

看伸过来的手
和从树缝间落在那手上的阳光

看被打开的卡片

看我辉煌的胜利

2

看一个女人
那是我的祖母

看早就灭绝的爬行动物
那巨大明澈的眼睛

看海中渐渐下沉的帆船
和在海潮中漂荡的三角帆

看整齐列队的士兵
和他们歌唱的骸骨

看被耕播过的石丘
看被烧毁的同一座石丘

看充血的脸颊
和被敞开的肉体

在祭典的喧闹中
看美杜莎①的脖颈

① 美杜莎（Medusa），希腊神话中的怪物。原为美女，因触犯女神雅典娜，头
发变为毒蛇，面貌丑陋无比，谁看她一眼就立刻变成化石。后被英雄珀耳修斯所杀。

3

看一个女人
她曾是我的恋人

正在摇晃的天平上
有跳动的心脏

报童高声叫卖
响彻大街小巷

看无法捕捉到的东西
看世界无数的面孔

变色的底片
追赶马的火车噗噗鸣笛

被大头针钉起来的各类天使
被举起的马丁尼酒杯

旋转的唱片
看唱片上的微微伤迹

4

看一个女人

那是我的妻子

看她慢慢溢出的泪水
看被挤出的半透明乳汁

看宽厚的脊背
和裂开的脱脂棉

看饱满的果实
和那果实幼稚的素描

看看过的一切
看不想再看那些东西的自己

被擦得发亮的走廊
像蛇一样逃窜

看淋浴的热水出口
和突然靠近的唇

5

看一个女人
那是我的女儿

看她长得像问号的肚脐
看被她耳垂上绒毛捕捉到的徒劳的光

看白色睡袍皱褶间
走不到尽头的黎明

看从黎明中渗出的血
和被拒绝的痊愈

看月亮上厚厚的尘埃
和干涸的湖

看向天空昂起的宽阔额头
和被扔掉的小石块般的爱情

看优雅的愁容上
不允许看的东西

6

看一个女人
看我的母亲

看像玻璃窗外的天空
一样湛蓝的空壶

打开的乐谱
和照出和音的烛光

断掉的珍珠项链
和自来水管垂下的冰柱

看被教鞭惩罚的孩子
和擦不净的黑板

看从很多的诗句中
溢出来的海水

看在黑夜里哭喊的父亲
看诞生的我

7

看一个女人
那是我自己

看脸上重叠的脸
看被隐藏在肉体里的道路

看在内心深处焊接一起的印象
看没完没了的戏谑

看宽大的旧床上
永远印着温暖的屁股铸型

在岩石间的散步道上

被忘却的一条热毛巾

看从未翻开过的书
看洁亮无人的厨房

看有点脏的毛毯影子
看丧魂落魄的巫女

照　片

拍照片
拍恋人的照片
拍婴孩的照片

拍照片
拍基地的照片
拍绝密的照片

拍照片
拍月亮的照片
拍火星的照片

拍不成照片的
是人的心

世　界

有一块渐渐磨损的石头
被风吹雨打
过了一万年
仍然没有完全化为无

有一束穿行宇宙的光
在仙女座遥远的彼岸
过了十万年
还是没有抵达

忽然吹来的一阵风
倏然间让茶色玻璃嗡响
然后
消失

有一个常常思考的男子
一任女人爱抚
不论年龄多大
仍是懵然无知

有一具被射中的小鸟尸体
没被人发现

在枯叶上
静静地腐烂

在的东西

它曾被
称为花朵
直到枯萎
度过短短的时光

但现在
早晚它会从无渗透出来
在那里复活的东西
是什么

一个
灵魂
轮廓的

是多么
严酷的暧昧
与死亡一纸之隔

早晨的接力

堪察加的年轻人
梦见麒麟时
墨西哥的姑娘
在早晨的薄雾里等待着公共汽车
纽约的少女
面泛微笑睡着翻身时
罗马的少年
向染红朝阳的柱顶使眼色
在这个地球上
早晨总是在某一个地方开始

我们把早晨一棒一棒传下去
从经度到纬度
然后交替着守护地球
在临睡前侧耳听到
闹钟在远处响起
那是有人收妥了
你传递的早晨的证据

石头和光

石头不反射光
石头不吸收光
石头上停着一只牛虻
光在它的绒毛上闪亮

光刚刚抵达地球

死去的男人遗留下的东西

死去的男人遗留下的东西
是妻子和一个孩子
其他什么也没被留下
一块墓碑也没被留下

死去的女人遗留下的东西
是一朵枯萎的花和一个孩子
其他什么也没被留下
一件衣服也没被留下

死去的孩子遗留下的东西
是扭伤的脚和干掉的泪水
其他什么也没被留下
一个回忆也没被留下

死去的士兵遗留下的东西
是坏掉的枪和倾斜变形的地球
其他什么也没能留下
一个和平也没能留下

死去的他们遗留下的东西
是活着的我和你

其他谁都没留下
其他谁都没留下

死去的历史遗留下的东西
是辉煌的今天和将要到来的明天
其他什么也没留下
其他什么也没留下

这就是我的温柔

可以思考窗外的嫩叶吗
思考它对面的蓝天也可以吗
可以思考永远和虚无吗
在你即将死去时

在你即将死去时
可以不思考你吗
去思考离你很远很远的
活着的恋人可以吗

可以相信
思考那些和思考你有关吗
我可以变得那么坚强吗
托你的福

名家诗歌典藏

梦中的设计图

在黎明
梦中的
一张白纸上
画上水
再画上城市
教堂的影子
随波晃动
一只鸽子已经溺水
我们的梦
是多么脆弱啊
美丽
更何况
没有祈祷
还能梦到什么呢
石道
无论多么坚固
也会从我们梦的迷途里
诞生
尖塔
无论多么高耸
也会被我们梦的黑夜
尝试

致女人

看着你被太阳晒黑的裸背
我做了个梦
看着你那双泪汪汪笃信无疑的双眸
我做了个梦
看着你哼着一支小小的歌谣
和你的睡容
我做了个梦
我梦见古老的村庄
一如往昔宽敞的宅院
那扎根宅院的老榆树
和那树上永不改变的蓝天
我梦见
我朝气蓬勃的儿子
你太年幼的孙子们
以及我们的死
我梦见

我枉然地梦见
明天朴素的晚餐
和许多活着的人

一九七〇年代

一　九　七　〇　年　代

大　海

在翻卷的云下
浪花翻涌着星星的皮肤

有时，巨大的油轮
会像树枝一样被折断

有时，又使独木舟
优雅地漂浮

是一张未被冲洗的
陆地的底片

浪波连着浪波
隔开神与神
将无数的岛屿关起来
贩运奴隶

粉碎着闪烁的白浪
是最最深沉的碧蓝

对于贫穷的渔夫
是满满一网捕捞的鱼

对于梦想的少年
是一条水平线

向着彼岸反复拍打
是人类诞生前的声响

大海啊

湖

在唯一的一条小道上迷路
悲伤的根源没有缘由
你与湖邂逅
除了将自己作为祭品祷告不停的人之外
没有谁能从这里走往前方

无可挽回的事情
已经在这里发生
尽管它发生于何时
并未记载于历史

嫉　妒

我渴望成为王者
渴望征服你的疆域
和小河以及偏僻的角落
其实我连一张地图都不曾拥有
当我走在自以为熟悉的路上
却突然看到从未见过的美丽牧场
我的身体仿佛冻僵迈不开脚步
我宁愿那广袤的土地是一片沙漠
毋庸说征服
连这个探险我都无法完成
便迷失在你的森林里
说不定将会倒在路边死去
我渴望为我唱的那首挽歌
除了我
不会传入任何人的耳朵

在窗户的旁边

窗户的旁边有窗
旁边的旁边还有窗
窗映照着天空
脸从窗口窥视

窗的对面有山
对面的对面还有山
是谁隐藏在山中
呼啸着吹来山风

人的身边有人
身边的身边还有人
人掩藏起爱情
人身上散发汗臭

夜的那边有夜
那边的那边还有夜
夜晚堆积起石头
梦想从夜晚诞生

夜的深处有故乡
深处的深处还有故乡

是谁也在那里歌唱
从黑夜到黎明

裸　体

从雪白的大理石上
雕刻出来的你
先是胸肌迎受初次的风
脸上留着粗糙的凿痕

眼睛朝向看不见的东西
手应该伸展开
支撑它

伸展着叹息
把愤怒和悲哀
表达成同一种性质

右脚优美地踏出一步
左脚还在起泡的岩石中
浅小的肚脐窝里
已经有了优美的阴影

就要从雪白的大理石
诞生的你
你的嘴唇仿佛喘着气张开
发出沉默猛烈的叫喊

蓝天的一隅

在蓝天的一隅
涌现一片云
好像能摸到，又够不着
在蓝天的一隅
一片云消逝了

一只小鸟
飞过蓝天的一隅
好像能抓住，又抓不着
在蓝天的一隅
一只小鸟消失了

树

1

树正因为是树
树才能够站在这里
而树为何物我却无从所知

2

若不把树称作树
我甚至无法抒写它
若把树称作树
我只能抒写它

3

但是，树
一直凌驾于树的语言之上
某日早晨我真正触摸过的树
是永远的谜

4

面对树
树以它的树梢为我指向天空
面对树
树以它的落叶告诉我大地
面对树
世界从树木变得明朗起来

5

树被伐倒
树被削刨
树被凿刻
树被涂抹
越被人类的手指触摸
树就变得越固执

6

人们给树起了无数不同的名字
可是，树寡言无语
在每个国家
尽管树随微风沙沙作响时
人们只是倾听一种声音
只是倾听一个世界

河　童

河童乘隙速行窃
偷走河童的喇叭
吹着喇叭嘀嗒嗒

河童买回青菜叶
河童只买了一把
买回切切全吃下

体　内

体内
有深沉的呼喊
嘴因此闭合

体内
有不亮的夜晚
眼因此而睁

体内
有滚落的石头
足因此而驻

体内
有被关闭的电路
心因此敞开

体内
有任何比喻也无法言说的东西
语言因此被记录

体内
啊　体内

有将我与你结合的血肉

人因此才
各有千秋

想打架你就来

想打架你就来　光着膀子来
要是害怕光膀子
你就顶个油锅来
鸡鸡碍事　你就握着来

想打架你就来　一个人来
要是害怕一个人
你就带仨老婆来
嗓子发干　你就喝完酒来

想打架你就来　跑着过来
要是害怕跑
你就坐破烂的火箭来
今天不行　你就前天来

活 着

活着
现在活着
那就是口渴
是枝叶间射下来耀眼的阳光
是忽然想起的一支旋律
是打喷嚏
是与你手牵手

活着
现在活着
那就是超短裙
是天文馆
是约翰·施特劳斯
是毕加索
是阿尔卑斯山
是遇到一切美妙的事物
而且，还要
小心翼翼提防潜藏的恶

活着
现在活着
是敢哭

是敢笑

是敢怒

是自由

活着

现在活着

是刚才狗在远处的狂吠

是现在地球的旋转

是生命刚刚在某处诞生的啼哭

是现在士兵在某地负伤

是此时秋千的摇荡

是现在时光的流逝

活着

现在活着

是鸟儿展翅

是海涛汹涌

是蜗牛爬行

是人在相爱

是你的手温

是生命

微　笑

因为无法微笑
蓝天浮起云彩
因为无法微笑
树木随风摇摆

因为无法微笑
狗儿摇动尾巴——可是人
尽管能够微笑
却时时将它忘记

还因为能够微笑
用微笑骗人

以　为

以为自己还活着
小鸟一边歌唱一边交尾着死去
以为自己还活着
专心工作的人死去

我并不惧怕自己的死
怕的是小鸟
和人的死

以为自己还活着
叶片被风吹动着树死去
大海被月亮守望着死去

以为自己还活着
我写下的语言死去
在树木和大海和小鸟和一具死尸之上
以为自己还活着

我歌唱的理由

我歌唱
是因为一只幼猫
被雨浇透后死去
一只幼猫

我歌唱
是因为一棵山毛榉
根糜烂枯死
一棵山毛榉

我歌唱
是因为一个孩子
瞠目结舌呆立不动
一个孩子

我歌唱
是因为一个男子汉
背过脸蹲下
一个男子汉

我歌唱
是因为一滴泪

懊悔莫及、焦躁不安的
一滴泪

黄金的鱼

大鱼用大口
吃中等的鱼
中等的鱼
吃小鱼
小鱼
吃更小的
鱼
生命以生命为祭品
生辉
幸福以不幸为滋养
让花儿绽放
再深的喜悦之海
不可能
不融入一滴眼泪

小鸟在天空消失的日子

野兽在森林消失的日子
森林寂静无语　屏住呼吸
野兽在森林消失的日子
人还在继续铺路

鱼在大海消失的日子
大海汹涌的波涛是枉然的呻吟
鱼在大海消失的日子
人还在继续修建港口

孩子在大街上消失的日子
大街变得更加热闹
孩子在大街上消失的日子
人还在建造公园

自己在人群中消失的日子
人彼此变得十分相似
自己在人群中消失的日子
人还在继续相信未来

小鸟在天空消失的日子
天空静静地涌淌泪水

小鸟在天空消失的日子
人还在无知地继续歌唱

对苹果的执着

不能说它是红的，它不是一种颜色，它只是苹果。不能说它是圆的，它不是一种形状，它只是苹果。不能说它是酸的，它不是一种味道，它只是苹果。不能说它是昂贵的，它不是价格，它只是苹果。不能说它有多么漂亮，它不是美，它只是苹果。无法分类，又非植物，因为苹果只是苹果。

是开花的苹果，是结果的苹果，是在枝头被风摇动的苹果。是雨淋的苹果，是被啄食的苹果，是被摘下的苹果。是落在地上的苹果。是腐烂的苹果。种子的苹果，冒芽的苹果。是没有必要称之为苹果的苹果。可以不是苹果的苹果，是苹果也无妨的苹果，不论是不是苹果，唯一的苹果就是所有的苹果。

是红玉，是国光，是王铃，是祝，是黄魁，是红魁，是一个苹果，三个的五个的一篮的、七公斤的苹果，是十二吨的苹果、二百万吨的苹果。被生产的苹果，被搬运的苹果。被称重被包装被交易的苹果。被消毒的苹果，被消化的苹果。被消费的苹果，被消灭的苹果。是苹果啊！是苹果吗？

是那个，就是在那里的，就是那个。就是那里的那个篮子中的。是从桌上滚落的那个，被画到画布上的那个，是用烤箱烤的那个。孩子们把那个拿在手上，啃着那个，就是那个，它。无论吃多少个，无论腐烂多少个，它都会一个接一个地涌现枝头，闪闪发亮地永远摆满店面。什么的复制品？何时的复制品？是无法回答的苹果。是无法提问的苹果。无法讲述，最终只能是苹果，现在仍是……

完美线条的一端

一枚树叶，在完美线条的一端。尽管叶脉纯属一种功能，却在实现着自我，仿佛期待着被我们读懂。（它几乎可以说是被画上去的）也许，把它当作预言阅读的人应该在僧院里死去，把它当作设计图阅读的人应该得癌症吧。而把它当作地图阅读的人会在森林中迷路，把它当作骨头阅读的人，最好歌唱着秋日的长昼过活。

即便抵挡住这般诱惑，不去从中阅读什么，但是很显然，我们依旧无法摆脱人的尺度，完美的线条已经被封在了任何视线都无法到达的彼岸。就算是一根瘦木，也不厌其烦地体现着这一点。不光是叶，就连伸向空中的树梢、翻土的根、甚至脆弱的枯枝，也都体现着。

关于灰之我见

　　无论多么白的白，也不会有真正白的先例。在看似没有一点阴翳的白中，隐匿着肉眼看不见的微黑，通常，这就是白的结构。我们不妨这样理解，白非但不敌视黑，反而白正因其白才产生黑孕育黑。从它存在的那一瞬间起，白就已经开始向黑而生了。

　　然而在走向黑的漫长过程中，不论经过怎样的灰的协调，在抵达彻底变黑的瞬间之前，白都从未停止过坚守自己的白。即便被一些不被认为有着白的属性的东西——比如影子、比如微光、比如被光吸收的侵犯等，白在灰的假面背后闪耀着。白的死去只是一瞬。那一瞬，白消失得无影无踪，完整的黑顿现。然而——

　　无论多么黑的黑，也不会有真正黑的先例。在看似没有一点光亮的黑中，隐匿着肉眼看不见的基因似的微白，这就是黑平常的结构。从它存在的那一瞬起，黑就已经开始向白而生了……

狗与主人

狗在电线杆前跷起一条腿
撒尿
皮绳的另一端
主人在等

主人在书店前驻足
站着阅读
皮绳的另一端
狗在等

皮绳连接的两个灵魂
都不会不死
狗嗅着风
主人在嗅着什么呢

早　晨

早晨又来了我还活着
夜间的梦忘得一干二净我看见
柿子树光秃秃的枝条随风摇动
没戴项圈的狗睡卧在阳光中

百年前我不在这里
百年后我也许不在这里吧
就像理所当然
地上一定是意想不到的地方

不知何时我曾是
子宫中小小的卵子
然后变成小小的鱼儿
之后又变成小小的鸟儿

后来我终于变成了人
花了几千亿年活过这十个月
我们也必须温习这类事情
因为以前总是预习过了头

今日早晨一滴水透出的冰冷
告诉我人是什么

名家诗歌典藏

我想与鱼儿们和鸟儿们还有

也许会吃掉我的野兽

分享那水

恋爱的开始

每时每刻都想着你
却怎么也想不起你的容貌
回过神来，发现自己反复哼唱着
偶然听到的那一小节音乐
虽然我想见你
但与其说那是热忱莫如说是好奇
自己究竟变得怎么样呢
想再次来到你的面前确认
之后却想不出该怎么办

我也无法想象拥抱你
只是除你之外的世界倦怠无比
我像高速摄影电影中的男演员
缓缓点上香烟
开始觉得没有你的生活
仿佛是一种快乐
你说不定是我曾几何时在异国见过的
经年美丽雕像中的一个
在它旁边，喷泉高高地在阳光下闪烁

一九八〇年代

一　九　八　〇　年　代

脊　背

你赤裸的脊背挡在我面前
我什么都看不见
相连的脊骨如同漂在海上的浮标
我现在能够勉强攀附的
只有这类比喻

可是，我活在被你的脊背遮挡的国家
躲在你脊背里的人威胁我
电视的语言像冰凉的手指
拨弄我赤裸的心脏
可惜那里已经没有秘密（只有恐惧）

飘浮在宇宙中的幻想地图上
幻想都市的某一处
我强行写下幻想的地址
我就在那里
失去了杂树林的时间
即便如此你依然说爱我
在你遮掩一切的脊背上
语言在一声巨大的叹息中死去
到再一次被置于难以忍受的钝痛中之前
还有些许时间

梨 树

梨树是真实的
山羊与远山
厚厚的门扉与小鸟的啾鸣
是真实的

但只有我们
不是真实的
掩饰的不安
做作的微笑

在彼此的幻想里憩息
啜饮爱喝的饮料
逃避真实
没完没了地交谈

无法计算
距死亡漫长的时间
从物质到物质
让视线彷徨

梨树是真实的
搁置在八百年前的石头

以及那石头上的阳光与苍蝇
是真实的

时　间

你记忆着两只
蹲伏的猫
我记忆着
磨平的石阶

再也回不来了
因为那件事那一天接近永恒
它伤害我们
比梦更难把握的一天

今天就像那一天
云飘动，太阳西下
无论我多么爱你
都不够

我的女性论

1

你是音乐
因为我是音痴

2

像蛇一样的你我不认识
像你一样的蛇我见过

3

红非白
黑也非白
所以红和黑十分相似

你这样的三段论法
尽管我在打着盹听
但我喜欢

4

是为了脱掉才穿上呢
还是为了穿上才脱掉？
那些原本透明的东西

你的臀部十分肥硕
地球不过是你的一把转椅

5

洗衣机在旋转
熨斗正在变热

山芋被烧焦
电视里有人正在接吻

你温柔地坐着不动
仿佛菩萨般神秘

士兵们倒下
火箭飞入云霄
男人们互相议论
历史书被翻开

6

你和扇子
你和树木
你和家鸭
你和蓝宝石

这世上的一切都与你相似

其中只有一个
与你不相似的
那就是
女人

7

想着你的单纯的我的复杂
想着我的复杂的你的单纯

8

先看眼睛——
这样的男人是伪善者
先看胸部——
这样的男人是伪恶家

先看全部——
因目不暇接抱起来看的
是诚实的男人

9

你是钻石
我是碳

10

或者——
你是彩色照片
我是幻灯机
一年到头不停地放映着

我

我以快递挂号信的形式到来
从未来的某一天
我的眼变成宝石
我的嘴变成玫瑰花瓣

打开蓝天之门
含着星星的碎片
大人哭时　我笑
把整个自己交给女孩

用手掌掬起太平洋
教鲸鱼算数
谁也阻止不了
我在梦中的迷路

音　乐

无可避免地一支旋律接近尾声
谁也无法阻拦
摁在心中的旋律烙印发出肉的腐臭
带你走进记忆深处的牧场
为了感受那吹拂的风此刻正游移在
这里的窗边
你迷失在无数蜿蜒的小径
可结果那是一条缠绕一团的丝线
为能吞食谷物肉类嘴巴被造出时
你的耳朵已经听见了音乐
面对过去探寻不完的黑暗
面对未来凝视不尽的灿烂
你的身躯化作一支旋律
无限伸展舒缓荡漾
耳边的窃窃私语无任何形式
就连布满星云翻卷的真空里
声音仿佛向宇宙献媚似的
一边怜言惜语一边死死纠缠

孩子与书

孩子啊
你要独自沿着故事里的小道行走
用眼睛攀登画中的山峦
仔细聆听龙在洞穴深处的吼声

孩子啊
你要与书中的骑士交战，与书中的公主相爱
要把在沸腾的比喻大锅里
那潜伏于昨天的今天狼吞虎咽

孩子啊
你要在意义的森林中迷路
逃进被修辞的花朵装饰的小屋
与变成魔女的母亲相遇

然后，孩子啊
你要一次次地撕碎书本，再把它丢掉
畅游到语言宇宙的尽头
再次吹起泡泡糖

颜色的气息

颜　色

颜色不会停留，有的颜色是别的颜色的预感和回忆；有的颜色遮掩着别的颜色，或者表露和不断地飘流，互相拒绝着混杂在一起，颜色互相表演，互相乔装。颜色的气息无法命名，尽管不知何时它们渐渐地朝向黎明褪去，但是又一次羞怯继而苏醒，为了生的欢喜。

白　色

不是雪白的白色，不是霜的白色，也不是浪的白色，更不是云的白色。不是被涂上的白色，不是没被涂上的白色，不是被漂白的白色，也不是被刮掉的白色，更不是空白的白色。不是耀眼的白色，不是纯洁的白色，也不是最初的白色，更不是终结的白色。而真正的白色是什么？

黑　色

黑色。它是空洞的。黑色，它在任何深度里都只是一个表面。照耀黑色的光，被黑色攫取。黑色不会把任何东西返还给我们。而且它吞噬全部，同化为己有。

无论多么渺小，它都是一个黑点，但不是污点。质地是极其坚硬和沉重的，但具备它特质的物质，现在还没有在这片土地上被发现。我们有时只是在噩梦里，能够触摸到真正黑色的一端。黑色，它不是颜色，它是一种存在状态。

红　色

红色从黑暗中升起，红色宁愿是黑色的私生子，所以，谁也无法听见它的呼唤。红色朝向光死绝，红色宁愿是白色的供品，所以，那个愿望只是在短暂的一瞬得以实现。

蓝　色

无论怎样深深地憧憬、多么强烈地渴望，蓝色都不会到手。如果掬在手里，大海变成淡淡混浊的盐水，如果走近，天空通体透明。鬼火不是也在蓝蓝地燃烧着吗？蓝是遥远的颜色。

走进广袤云雾霭霭的远景，作为纪念品能带回到家里的，大概只会是一棵勿忘草，所以发现它的人，连不能遗忘的事情都忘了。蕴藏在自己的体内，因为是永恒的蓝色。

黄　色

黄色。是劈开时闪烁的物质，是暴露了不知耻辱的物质，是总是难以忍受的呼唤声，是晃眼夺目污垢的溢出，是谁都无法填平的世界裂缝。

目光被吸引，然后在此又被拒绝。一切细节丧失，目光渐次滑行，没有质感的黄色、那灿烂广阔的大地是无边的。

绿　色

总有点什么差异，这种绿色。它来自别的世界，突然没有任何预兆地闯进来，充满可怕的生命力，热气腾腾地散发味道。绿色最初蔓延到这颗星球时，我们还没有诞生。这颗星球被绿色密密地覆盖时，我们的一切都是废墟，目光请不要从绿色转移。

棕　色

在不断侵蚀黄色或是红色的同时，棕色在一种谐调中是谦逊的。被顽固的自信支撑着，棕色梦想着所有的一切不久都会回归自己。棕色若无其事地掩饰世界，仿佛什么戏剧性的事情也不会发生，这确实是一个高明的办法，为了从宇宙的恶意中守护住自己。

彩　虹

我闭上眼睛
可仍听得见雨声
我堵上耳朵
可仍闻得到花香

我屏住呼吸
可时间还在流逝
我一动不动
可地球还在旋转

就算我不在
也有另一个孩子玩耍
就算我不在
也一定有彩虹架在天空

亲爱的

你是我喜欢的人
从你穿着的变化
我觉察到了夏天的来临
一条懒洋洋的老狗盯着我们的午后
一起去空无一人的美术馆
看古印度的工笔画吧
菩提树下相互拥抱的恋人们
一定跟我们一样，幸福又不幸

你是我喜欢的人
至死我都会喜欢你吧
因为与爱不同，喜欢这件事
不需要任何誓言
在七月的阳光下
我们走出美术馆，喝口冰红茶解渴吧

一九九〇年代

一　九　九　〇　年　代

树

看得见憧憬天空的树梢
却看不见隐藏在土地里的根
步步逼近地生长
根仿佛要紧紧抓住
浮动在真空里的天体
那贪婪的指爪看不见

一生只是为了停留在一个地方
根继续在寻找着什么呢
在繁枝小鸟的歌唱间
在叶片的随风摇曳间
在大地灰暗的深处
它们彼此纠缠在一起

灵魂的最美味之处

上帝赐予大地、水和太阳
大地、水和太阳赐予苹果树
苹果树赐予鲜红的苹果
那个苹果你给了我
捧在柔软的双手中
与世界之初的
曙光一起

即使一言不语
你也给了我今天
给了我不会失去的时光
给了我让苹果长出的人们的微笑和歌声
说不定悲伤
也隐藏在扩展于我们上方的蓝天中
抗拒一切毫无目的

然后你自己在不经意间也给了我
你灵魂的最美味之处

花三题

1

摘了花的士兵
才发现并不知道花名
将花夹在写给家乡恋人的信里
信中写道希望告知花名

回信来了
原来是人人皆知的常见花名
就在这时，一颗子弹
穿透了士兵的太阳穴

2

少女把一小束野花高举过头顶
奔跑在荒野里
能想起的只有这个情景……
可正因为这个情景
男人打消了死亡的念头

3

外面的雪飘落不停
刚出生的婴儿
那模糊渐明的视野里映照着
母亲的乳房和对面
窗边的一支玫瑰

三种印象

赠给你
火熊熊燃烧的印象
火诞生于太阳
照耀原始的黑暗
火温暖漫长的冬季
在节日的夏季燃烧
火在所有的国家焚烧城堡
把圣人和盗贼处以烤刑
火变成朝向和平的火把
变成战斗的狼烟
火洗净罪恶
又变成罪恶
火是恐怖
是希望
火熊熊燃烧
辉煌烁烁
——赠给你
这种火的印象

赠给你
水流淌不息的印象
水诞生于叶片上的一滴露珠

捕获闪耀的太阳

水滋润濒临死亡野兽的喉咙

怀抱鱼子

水唱着小溪的歌

坚持不懈地削割岩石

水漂起孩子们的竹叶船

随后让那个孩子溺水

水转动水车转动涡轮

吞下所有的污垢映照天空

水弥漫四溢

水决堤冲垮家园

水是咒骂

是恩惠

水流淌

水深深渗进地下

——赠给你

这种水的印象

赠给你

人继续活下去的印象

人诞生于宇宙虚无的正中央

被层层谜团包围

人在岩石上刻下自己的风采

憧憬遥远的地平线

人相互伤害相互杀戮

一边哭泣一边追求美

人对任何小事都感到惊讶

马上厌倦

人绘着朴素的画

像雷鸣一样高歌

人是一瞬

是永恒

人活着

人在内心深处继续相爱

——赠给你

这种人的印象

赠给你

火与水与人的

充满矛盾的未来形象

不赠你回答

只赠你一个提问

树·诱惑者

树对谁都不客气
指着天空让枝叶繁茂
让花朵绽开让果实落下
一年年增添年轮
到人死后仍长生不老
树在遥远的未来仿佛变成白骨
因为它是难以枯萎的东西
树绝不疏忽大意
它的根在地下紧紧抓着
我们的灵魂不松开

它的嫩叶千百次地剪碎闪烁的阳光
让恋人们陶醉
它的枝干以粗鲁的表情
对一切暴君的历史漠不关心
而且它的树阴说不定在哪个年代
会让羁旅者梦见天堂
树以它的绿色
让我们的目光遨游彼岸
那廓开的枝干
拥抱我们喧嚣的未来
那叶片的沙沙声

向我们的耳朵低声细语永恒的贴心话

因为树是谁都无法抗拒的诱惑者
我们不得不畏惧它
因为树比人类更接近神
我们不得不向它祈祷

心　脏

那不过是小小的泵
却开始不停刻画朝向未来的时刻
那既不是华尔兹也非波莱罗
但每一拍都向着我的喜悦贴近

名家诗歌典藏

旧收音机

旧收音机里传出微弱的人声
那声音好像是
旧收音机尚新且买不到手时的
少年时的我自己的声音

旧收音机讲述着正在发生的事情
但声音却好像是从过去传来的
熟悉的信号衰减熟悉的杂音
用旁观者淡淡的音调播送着战果

调谐度盘微微发热闪亮
收音机只专注于捕捉遥远的声音
它现在仍让情绪亢奋
无人指责的好技术

然而我却不能用这样的声音说话
甚至把最亲近的人逼得失语
我曾用收音机的声音小声说过
不要意识到自己隐藏的恶

骤雨来临之前

像在椅子上舒展身体的狗一样嗅着夏日的空气
刚才让我陶醉的洋琴音色
仿佛变成一种粗俗的诱惑
这都是寂静的错

寂静从无数微弱生命交响的地方传来
虻的振翅　远处潺潺的水声　轻摇草叶的风……

我们无论再怎样竖起耳朵也无法听到沉默
可寂静即便不想听
也会穿过笼罩我们的浓密大气传入耳朵
沉默属于宇宙无限的稀薄
寂静则植根于这个地球

可我听清了吗
女人坐在这把椅子上责备我时
她尖刻语言的利刺连接着地下纠缠不清的毛根
声音中潜伏着的寂静拒绝消失到死的沉默中去

闪电从远方的云端疾驶地面
不久雷鸣就拖起迟缓冗长的尾巴
人类出现在世界之前响起的声音
我们现在还能听清

海的比喻

不是人看海
而是海看人
用亘古不变的炯炯眼神

不是人听海
而是海听人
用无数潜伏水底贝壳的耳朵

留下一条航迹，人启程
向着永不消失的地平线
任狂风怒潮和平静的水浪摆布

一副碗筷几口锅，然后
汹涌澎湃充盈欲滴的情感
连结女人和男人

但是还有比这更强烈的东西连结着两个人
那就是完整的大海
它不厌其烦地重复却依然美丽

不是人在歌唱海
是海在歌颂着人
是海在祝福着人

墓

汗流浃背爬上斜坡
草香扑鼻
那里有粗陋的岩石
我们坐在岩石上看海
或许我们就会以岩石为冠冕相爱
以地之身以泥之眼以水之舌

不被任何人催促地

我不想被任何人催促地死去
微风从窗口送来草木的芳香
大气裹挟着平凡日子的声响
如果可能　我想死在这样的地方
即使鼻子已经无法嗅出那芳香
即使耳朵听到的只是人们在身旁的叹息

我不想被任何人催促地死去
想让心脏像我钟爱的音乐一样舒缓下来
像宴席散后的假寐一般徐徐进入夜晚
或许因为大脑停止思考之后
超越思考的事情还停留在我的肉体

这并非因为我吝惜自己
也并非因为我感觉不到
被死亡冰冷的指爪扼住手腕的人们
那种肝肠寸断的不安和挣扎
我只是想让身心合一遵从命运
仿效野生生物的教诲孑然一身

因为我不想被任何人催促地死去
所以我不想被任何人催促地死去

我想以一个完整的生命死去
我相信有限的生命　我怜爱有限的生命
现在是　临终时也是

我不想被任何人催促地死去
不管等在门外的人将我带往何处
都不会是在这块土地上了吧
我想悄悄留在活着的人们之中
作为眼见不着　手触不到的存在

二〇〇〇年代

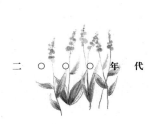

二 〇 〇 〇 年 代

拒　绝

山
不拒绝
诗歌

还有云
水
和星星

它拒绝的
总是
人

以恐怖
以憎恨
以饶舌

午夜的米老鼠

午夜的米老鼠
要比白天难以理解
提心吊胆地啃啮面包片
或在地下水道里散步

但总有一天
它会从这个世界露出的
愉快笑容里逃走
还原为真实的鼠类吧

是苦
还是乐
我们无法知道
它心不甘情不愿地启程

被理想的荷兰干酪的幻影诱惑
从四号路走向南大街
再走向胡志明市的小巷
一边播撒下子孙

终于它获得了不死的形象
尽管它的原型

已经用立体被压缩记录在
古今东西猫儿们的视网膜上

叹　息

叶脉
在晨光中
透亮

天空
隐藏起
星星

哭泣的幼儿
笑得恍惚
汗与血与尿

如此
无懈可击的
自然

不为死
生悲
只为活着叹息

诗　歌

诗歌赌着气睡下
在证券交易所的厕所
谁也不买我
再等也标不出价格

诗歌嘿嘿笑着
在退休老教授的腹中
没人注意到在这里
沉迷于阅读黑板上的文学史

诗歌沉默寡言
在联合国大会一尘不染的会场
没人理会我的声音
即使演说时全世界的麦克风都对着我

诗歌一个人走着
在熙熙攘攘的人群中
每个人都在寻找我的影子
在霓虹灯和电子屏幕里眼花缭乱

诗歌在捉迷藏
在刚印出来的诗集书页

藏在形容词副词动词标点符号里
等待被不是语言的东西抓到

冬　天

枯枝是
世界的
骨骼

静谧是答案
寂寥是
快乐

不知何故
忘了问
为何

走过
树丛的
冬季

遗传基因

最小的秘密
我就是我
你就是你

最小的秘密
每个人都藏在身体里
谁都无法用心灵感受到

但它就在那里
掌管命运
预言死亡

最小的秘密
无法用语言表达
只能用符号指名道姓

最小的秘密
潜伏在生命中的导火索
让生物以各种形式爆炸

所以它就在那里
带来欢喜

培育畏惧

最小的秘密
在那无限的细节上
我们失去的是上帝的幻觉？

光

我之所以能看见你
之所以能看见你灵动的眼睛
和诚实的黑发
是因为清晨的光

我之所以能看到街道
之所以能看到装点在窗边的天竺葵
和从遥远国度寄来的明信片
是因为白昼的光

我之所以能做梦
之所以能如此清晰地看到
航行在远古大海上的大帆船
和那所有被诗歌称颂的不确定的东西
是因为夜晚的光

我之所以能看到光
之所以能独自站在山顶
看到一天最初的光芒
不是因为我的眼
我之所以能看见黑暗
之所以能用心看见

用眼看不见的东西
不是因为我的心

光不是为了我的眼睛而存在
而是我的眼为了光存在
黑暗不是为了我的心而存在
而是我的心为了黑暗存在

灰尘的喜悦

斜坡下的四角
可燃垃圾被雨淋着

昨晚为止还是书的东西
现在是浸水的一坨纸

直到刚才还是文字的东西
现在只是毫无意义的黑字

但是书还记得
第一次被翻开时的心动

种在书页田垄里的种子
在少女心中静静萌芽之时

自己总会化作灰尘
成为使灵魂结果的养分
在沉稳的放弃与喜悦中
书已有预感

春的临终

我把活着喜欢过了
先去睡吧小鸟们
我把活着喜欢过了

因为远处有呼唤我的东西
我把悲伤喜欢过了
可以睡觉了喔孩子们
我把悲伤喜欢过了

我把笑喜欢过了
像穿破的旧鞋子
我把等待也喜欢过了
像过去的偶人

给我打开窗！然后
让我听听是谁在怒吼
是的
因为我把恼怒喜欢过了

晚安小鸟儿们
我把活着喜欢过了
早晨　我把洗脸也喜欢过了　我

诗人的亡灵

诗人的亡灵伫立着
空屋中雨滴滑落的玻璃窗外
不满于自己的名字只是留在文学史的一角
不满于只是把女人逼到了绝路
对来世的安于现状感到愧疚不安

虽然不能再发出声音
但化成文字的他却存在着
在新旧图书馆地下的书架深处
仍与挚友争夺着名声
终于无法再回答诗的问题

他相信自己读过蓝天的心
也相信懂得小鸟啾鸣的原因
像锅灶一样与人们一起生活
相信已领会了隐藏在叫喊和细语里的静穆
不流一滴血汗地

诗人的亡灵旁边是犀牛的亡灵
纳闷地探视着邻人的脸
不知道与诗人同是哺乳动物的犀牛说
人啊　请你给我唱一首摇篮曲
不要区别亲密的死者与诗人

心的颜色

我都想过什么
它造就了现在的我
你都思考过什么
这就是现在的你

世界由大家的心而定
世界因大家的心而改变

婴儿的心是一张白纸
长大后变色
我的心是什么颜色?
想把心的颜色染得美丽

美丽的颜色一定幸福
如果透明会更加幸福

世界的约定

晃动在泪水深处的微笑
是亘古以来世界的约定
即便此刻孑然一身
今天也是从两个人的昨日中诞生
仿若初次的相逢

回忆中没有你
化作微风轻抚我的脸

世界的约定
在阳光斑驳的下午分别后
也并没有终结
即便此刻孑然一身
明天也没有尽头
你让我懂得
潜伏在夜里的温柔

回忆中没有你
你在溪流的歌唱在天空的蔚蓝
和花朵的馨香中永远活着

钻石就是雨滴

我从生下来就知道
人生只有现在
悲伤会延续到永远
泪水却每一次都是新的
我没有可以向你说的故事

孩提时只消凝视眼前的树木
就会笑得浑身发颤
一天的结束便是梦的开始
人人都无缘无故地活着
我没有可以向你说的故事

我觉得什么时候死都无所谓
钻石就是雨滴
分别的寂寥也如同电影
即使绝不会忘记明天也照样来临
我没有可以向你说的故事

河流的源头深藏大地
因为相爱才看不到未来
受伤的昨天是日历的标记
如今正波纹般地扩散
我没有可以向你说的故事

自我介绍

我是一位矮个子的秃头老人
在半个多世纪之间
与名词、动词、助词、形容词和问号等
一起磨练语言活到了今天
说起来我还是喜欢沉默

我不讨厌各种工具
也喜欢树木和灌木丛
可我不善于记住它们的名称
我对过去的日子不感兴趣
对权威抱有反感

我有着既斜视又乱视的老花眼
家里虽没有佛龛和神龛
却有直通室内的大信箱
对我来说睡眠是一种快乐
即使做梦了醒来时也全会忘光

写在这里的虽然都是事实
但这样写出来总觉得像在撒谎
我有两个分居的孩子和四个孙子但没养猫狗
夏天几乎都穿 T 恤度过
我创作的语言有时也会标上价格

我的心太小

开在我心中的那朵莲花
是我春天的记忆
在书信间点头示意
如同我今天的憧憬
开在我心中的那朵莲花

我心中下个不停的大雪
是我冬天的记忆
裹在你的外套里行走
如同我今天的孤寂
我心中下个不停的大雪

在我心中喧嚣的大榆树
是我秋天的记忆
你在树下为我做了个草笛
如同我今天的痛苦
在我心中喧嚣的大榆树

展现在我心中的大海
是我夏天的记忆
你游着笑着露出你的皓齿
如同我今天的悲伤

展现在我心中的大海

我的心太小了
如同我今天的爱
变成泪水溢满对你的记忆

再　见

我的肝脏啊　再见了
与肾脏和胰脏也要告别
我现在就要死去
没人在身边
只好跟你们告别

你们为我劳累了一生
以后你们就自由了
要去哪儿都可以
与你们分别我也变得轻松
只有素面的灵魂

心脏啊，有时让你怦怦惊跳真的很抱歉
脑髓啊，让你思考了那么多无聊的东西
眼睛耳朵嘴小鸡鸡你们也受累了
我对你们觉得抱歉
因为有了你们才有了我

尽管如此没有你们的未来还是光明的
我对我已不再留恋
毫不犹豫地忘掉自己
像融入泥土一样消失在天空吧
和无语言者们成为伙伴吧

那个人——少年之 10

只是爱那个人
我的一生就结束了
之后死去的我
会继续活在那个人的回忆中

在那个人头顶上的辽阔蓝天
曾经只是我一个人的
照着那个人脸颊的太阳
我也不给任何人

在白雪覆盖的山那边
有那个人居住的村庄
那个人或许在那里生了孩子
被儿孙围绕吧

幸福像幻影一样不可捉摸
如同化石总是埋在地下
我已经正看着
那个人宁静的双眸

大海的意义

凝望大海
我觉得哪儿都能去
我想一直走下去
但这里是何地
现在变得一无所知

倾听大海
这个星球巨大的心脏在跳动
从不中断的血在循环
还传来尚未诞生的某人的声音
听得见绝不消失的歌声

触摸大海
小小的浮游生物
喂养着巨大鲸鱼
隐藏在深深海沟里的未知生命
被海藻的手指犹豫不决地拨弄

思考大海
与守护地球的大气相同颜色的蓝色外衣
与鱼类贝类同甘共苦人类的故乡
风暴涌起或停止时其表面深处不变的安静

从不倦怠地指向无限的海平线

热爱大海
一边对抗风一边孕育风的帆
留在晒黑手臂上的又白又干的盐的味道
滴在大海的果实上的柠檬的香气
与古代传说没有区别的记忆和预感

二〇一〇年代

二　〇　一　〇　年　代

圆白菜的疲劳

圆白菜应该累了
但餐桌却视而不见
疲劳的原因在土里
还是在空中呢

从以前就累了吗？
或是进入十九世纪以后呢
关心的人很少
藐视地里的圆白菜是一群愚人

今晚，蘸着岩盐
吃生的圆白菜
打开别人送的葡萄酒
斜眼看着电视连续剧

可我总很在意它的形状
虽说它什么怨言也不说
松开的菜叶散乱着
圆白菜果然累了

小 花

你，在路边的草丛里
孤零零绽放的小花啊
用我们人类的语言写的诗
你不关心吧
我就是我，虽不知道你的出身和名字
但我想给你写一首诗

可是，我不想用人类过多的词汇
装点你
用美丽一个词形容你就够了

不，其实根本不够
默默盯着你看是最好的
这关系到我作为诗人的品味

我和你分享地球
你我生命的源泉是同一个
但是我们的形状和颜色却截然不同

用手指轻轻触摸你的花瓣
我与绽放的你分别，离去
蓝天正要生出一片云

锁 链

缝补之前线断了
想系的时候绳子断了
该绑的绳子也断了
连接的网也断了
纽带早就断了
只剩下锁链

连接我的锁链啊，锁链
让我抓住我
你把我与我连接
你不会让我逃走的
适应硬冷的皮肤
今晚，我也要与你一起睡

被束缚的我啊，我
把身体交给锁链
心在空中彷徨
向往自由，畏惧自由
在梦中玩耍，我等待
生锈腐朽的锁链的衰老

语　言

一切都已失去
包括语言
但语言没有损坏
没被冲走
在每个人的心底

语言发芽
从瓦砾下的大地
从一如既往的乡音
从奋笔疾书的文字
从容易中断的意义

老生常谈的语言
因苦难复苏
因悲伤深邃
迈向新的意义
被沉默证实

山冈的音乐

你凝视着我
其实你没有看我
你看的是山冈
登上去能看到死去的世界
山冈平缓的幻影中
我不过是点缀

音乐停了
你回到我身边
像没有结尾的传说里
陌生的登场人物

我的心变成迷路的孩子
不厌其烦地寻找你的爱

黄金的虚伪

自豪的头颅为何会倾倒于金牌
真令人费解
在完美胜利之时
没有任何应补偿的东西

为人类最卑微的欲望服务
那闪光的金属
抵不上你的一滴汗水
如果它是把你维系在人间的
吝啬的锁链
请把它扔掉

失败者无论有多美
都比不上胜利者的美丽
在那不容更改的秩序中
你已经被证明

如此忌讳争夺的我们
为何会在战斗中忘记自我
如此渴求平等的我们
又为何会祝福胜利者
为了回答这个问题
你不能被戴上任何饰品

虫　子

虫子明天会死去吧
因此虫子在鸣叫
因此虫子在歌唱
我明天不会死去吧
因此我能哭
因此我能唱
但是，与今日活着的相同
虫子与我也相同
虫子振翅时
我在阅读历史书

隔壁的无花果静静裂开
回声啊回声，你回来吧
趁着今天还没有变成明天

为了灵魂

为了灵魂

铁会被组合在一起吧

树被伐倒

还会重新伫立吧

为了灵魂

混凝土搅拌

被赋予形状吧

镜子映照蓝天

玻璃仍透明吧

为了灵魂

无数的鞋子会被磨破吧

迷路的孩子会放声大哭吧

眼睛里会飞入沙尘吧

钱会从一只手递给另一只手吧

人们继续走动

人们互相争执

人们疲惫不堪

还会做梦吧

只是

为了灵魂

——然后

铁会生锈吧

树腐烂，混凝土坍塌

玻璃模糊，镜子破裂

电线会被剪断吧

五彩缤纷的蘑菇回归大地

梦幻渐隐

只有赤裸的

灵魂的

现实会留下吧

为了未来

视　域

1

以前的以前是土块
硅也一样
是大地母亲生出的东西
如果没有以前的以前
人类创造不出任何东西

以前的以前是一双手
机器人也一样
是我们身上生出的东西
如果没有以前的以前
人类会迷失自己

2

蒲公英的絮在飞
谁也阻挡不住
春天微风的力量

婴孩的灵魂在成形

谁也无法抹去
母亲微笑的力量

我们创造出来的
能量无论多么巨大
也不如宇宙的一声叹息

3

把胡萝卜挂在鼻尖
马狂奔而去
忘记在原野默默食草的伙伴
也无暇悼念在沙漠变成一动不动的一堆白骨的同类
马奔腾不息

局限于流动的眼看不见的坐标系网眼
变成一个明亮的绿色光点移动
驱动他的是被输入无数的欲望的
无法命名的巨大程序
电源在星星之间的真空中被连接到一起

4

我虽然没有母亲但不感到孤独
听悲伤的录音带能变得悲伤
看快乐的录像带能变得快乐

我虽然没有父亲但不会感到为难
思考是电脑的工作
既然大家都觉得不错我也没问题

若说朋友我有不少
朋友们都跟我长得一模一样
一点儿都不会嫉妒

5

在一切都不确定的这个世界上
只有一样是确定的
那就是不知何时我会死去
名为未来的幻想也会消失

在那黑暗的一瞬
此刻那无法替代的光辉
照亮人类充满愚蠢和迷茫的
一切业报的细微之处

我为此感到安慰
我想死去

朝　阳

小狗
跟在大人的身后
迈着小步走

无论是狗还是人
都不要代入名字
旁观这一情景
思考
诗是否会成立

诗总是以无言的形式存在
赋予它语言的是人类

小狗
跟在大人的身后
迈着小步走

朝阳晃眼

等　待

诗歌混迹在语言里
挤进语言的人群寻找诗歌
明示的闪烁灼痛眼睛
含义闷热发臭
耳朵为母语的声调困惑
诗歌将去往何方呢
累得想回到沉默
沉默被喧嚣的无意识污染

悟出了只有等待
挺直地坐在硬邦邦的椅子上
山鸠鸣叫，日光延伸
诗啊，你是跟语言长得不像的孩子
还是语言沉默寡言的师父呢

日本与我

据说我出生在东京信浓町的庆应医院
那里好像是日本这个国家的一隅
婴儿时期说出的不是日语而是咿呀之语
但随着长大我渐渐会说了日语
之后还学会了读和写
值得庆幸的是还靠它立身养命

被问过喜欢日本吗，对回答却感到为难
对居住了八十多年的阿佐谷一带依依难舍
年事越高越喜欢作为母语的日语
我喜欢的女性，她们的母语都是日语
喜爱的风景很多，但并非只局限于日本
飘荡在国会议事堂附近的日本很难喜欢上

毫无疑问我是日本人中的一员
但作为动物，在没成为日本人之前我被划为哺乳类
之所以能这样满不在乎地说
是因为也许我摆脱了成为士兵和恐怖分子的命运
曾想过今后的日本会变成什么样呢
但一想到该怎么做时，痛感自己力量不足

蚂蚁与蝴蝶①

蚂蚁因它们的小而幸存
蝴蝶因他们的轻而没有受伤
优美的语言也许能耐得住大地震
但此刻我们还是谨言慎行，将心中沉默的金
献给压在废墟下的人们吧

---

① 此诗是为追悼 2008 年四川大地震遇难者而创作的。发表于 2008 年 8 月号
《NHK 中国语讲座》杂志连载的"中日汉俳接力"栏目，后又被《现代诗手帖》
（2008 年 8 月号）"面对四川大地震，诗歌的力量是什么"这一特辑转载。作为在日
本社会为四川大地震募捐的发起人之一，谷川俊太郎的这首短诗在读者中起到了一定
的号召作用。

结 论

看着今天的朝阳想起昨天的朝阳
是对记忆的浪费
有人冷不丁这么说
对话中断了
活着的大部分
都是以重复而成立

对面一家二楼的窗
灯还亮着
想象力是猥亵
这么说的神崎愣住了
时间真的是单向通行吗

时钟的 01：08 忽然变成 01：09
我是我是俺是咱是吾辈都无妨
蒙古的草原之夜
传来远方的狼嚎声

结论永远都是假定

现在是树桩

被抛开的过去
不知不觉追赶上来
曾经的树荫现在却是树桩
在那里站过的人现在说不定
看似遥远，近在眼前

语言带来的东西微乎其微
在能理解的这几十年
反复浪费饶舌和沉默
现在，对婴儿古典的微笑
没有任何希求地同样报以微笑

生老病死也夺不走
这微不足道的生命瞬间
它隐藏在每个人不一样的人生中
可是，我们没意识到它的价值
我们匆匆地抛弃每一天

旧照片塞进杂乱的箱子里
有必要盖上盖子
照片比我的记忆更清晰
当时的现在比现在……写到这里
我无法选择接下来的词语

刺

小鸟在鸣叫
风吹动着树梢
还有树梢上的天空

刺什么都没有创造
一切都产生于自然
我的心中满是无言的感叹词

让我感叹"啊!"的存在
充满无限语言的沉默
我能叫出它唯一的名称吗

一切都属于自然
只有被称为"神"的东西
寄生于自然,却又不自然

人类的语言是扎进自然的刺
里尔克死于玫瑰的刺
但这个时代的诗人没有意识到这一点

因语言的刺
死去

无　知

我不知道的是
我被支配着
我不知道的是什么？
连这个都不知道

有一道看不见的墙
持续几个世纪
人类筑起的墙
把真实和虚假堆积起来

只要越过那堵墙
就能自由
我思考着
前方究竟有什么呢

在那儿我会知道些什么呢
不通过语言知道的东西
不分真假的东西
无知的未知的地平线？

因为不知道
而守护的东西

因知道而失去

人类的知识是脆弱的

物品们

我很喜欢这个蓝天色的玻璃酒杯
还一次都没用过它
带实测精度表的陀螺为钛制
享受这清澈的瞬间
口琴，我唯一会演奏的乐器
装在漂亮的布筒里

我生活在物品们的包围中
这些物品直到我触摸它们为止
一直乖乖地等着我
但仔细一想，物品们也分等级
比如内衣之类，因为经常在身边
作为物品有不自立之嫌

邻居围墙边看惯的老树
妨碍河边公园散步的石头
好像藏在天棚上的果子狸
植物矿物动物也都如名称一样是"物"吗
如果我是被称作人的生物的话
这个世界上的一切都可以用唯物论来解决啰？

这种毫无根据的想法也多亏了

日语中有"物"这个宝贵的词汇
今天有点陷入沉思

人　们

人们像霉菌一样在地面上蔓延
人们一齐喃喃自语，或者
各自载歌载舞
即使死亡总有一天会造访

人们在花圃里，或者
仍在爆炸中心区域
当然他们隐藏着愤怒
它已经快要腐烂成悲伤

人会反对人们
人们像海葵一样捕捉人
人变成盘踞在人们体内的癌细胞

花让人们欢喜，但花不关心人们
云朵轻飘飘地躺在蓝天
放射能今天也在等待出场

窗边的空瓶

窗边摆着空瓶
它们都是透明的
也有浅色的
形状不一

瓶子充满液体的时代
战争在黎明打响
历史比现在更沉默

窗户对面可以看见老旧的住宅区
与住在那里的人
曾经几乎每天都碰面
不是爱

那个人的老父亲是位诗人
写着古诗
在他亲手制作的薄薄的小册子上
"不相信所谓的意识形态"
我曾读过这样一行

河边托儿所的孩子们
不得不戴着难看的帽子

一张张小嘴像小鸟一样啾鸣

空瓶并不会因其空而感到羞耻
也并非等待被灌满
只是立在那里

每天的噪音

委身于沉默的快乐
能嘲笑饶舌的痛苦吗
结跏趺坐的年轻僧侣的脑海中
日本国宪法像邪念一般掠过

透过无梦沉睡的黑暗
仿佛能看清针叶树林，于是我醒来
是心不觉间把身体抛在一边
还是身体抛弃了心？

每个人都活在不依托语言的故事里
它们不经言及便被埋葬
没有诵经、没有弥撒，也没有一滴眼泪

然后耳机里传来萨蒂的音乐
这首十四行诗与萨蒂一起
混进每天的噪音中

水龙头

水从水龙头滴下
那声音很幸福
阳光一如往常
仍洒落在女人身上

战火似乎反复无常
时远时近
什么都不要在意
村里的长老说

路边丑陋的花朵簇拥
在一个隔海相望的国家
男人写腻了故事
转向诗

……我只是想小声说话……

诗总会变成铅字
去大城市旅行吧
然后温柔地摇动
一个孩子的心

核反应堆今天仍无表情
蝉在周围的防风林蜕皮
读完扔掉的日报随风起舞
陌生男人向着女人默默一礼

进入人类耳目的事物
多如星星
与耳目无缘的事物
只有一个

……这个我真的是我吗……

无视多数
只想凝视一个
但焦点对不准
意义不喜欢那片模糊吧

一个陌生人给了我一束花
卡片上只有花名
我对陌生人感到不安
却对花感到安心

梦见猫在走廊走动
心情好像我已经死去
虽没有条理，但并没有不安
一觉醒来，外面下起小雨

……我不在那里，我在这里……

机器不停运转
在皮肤下
或者在大气层外
以不同的耐用年限

无事可做的自由
体验自由的倦怠
那样的日子即使没有花朵
草木也妩媚

有很大的声音
听不见却听得懂的声音
只能用沉默来回答大声
男人咳嗽起来

……那个女人是谁、这个男人是谁……

海豹在思考
少年这么想
蔚蓝的天空下
地球和平

从水龙头滴落的水
被污染了吧
向着神话之泉

少女开始奔跑

单是右手的小拇指
就充满谜团
对这个世界感到困惑
星云太多了

……谁都不是，大家都是我·未来的骷髅……

三年前就是开始
昨天也是开始
现在也是开始
终结在人之外

想取个名字
给莫名其妙的彼此
轮廓虽然模糊
内核应该每天都在更新

自己给自己标价
再把标签扔进草丛里的快感
条形码一脸若无其事
孕育着惊人的经济

……我想说，你看。我……

事实永远可以回归

但不能确定是否是现实
令人怀念的那首歌的记忆
蒙上了一层薄薄的灰尘

在箱子里、在纸袋里、在这里
虽然有什么东西不见了
可我却想不起来那是什么
也许是对自己的辱骂

邻居家的黑猫优雅地穿过院子
满天星绽放的早晨
劳而无功的可悲的问号
飞过来吧，感叹号！

……语言的水龙头就那么开着……

任何语言
第一人称都忽隐忽现
徒步翻越县境的群山就是大海
在那里被划出看不见的国境

数码的恩惠今天也覆盖地球
米寿的男人在沐浴
真心话在梦幻的原始森林回荡
每个人都带有跟神类似的基因

我想我也许是想逃离

逃离一个未经允许的无名的语言世界
逃离只是在那里
却不能只是在那里的一切

我这个模拟式仪表的指针在摆动
如果把语言的自己揉成一团
与看不见的能量融为一体
我仰望天空，变成一个大字

……对得起神之名的只有自然……

影像总会从村庄的战火
变成脱离大气层的宇宙飞船
被母亲抱着的幼儿
正盯着看这无声的画面

水从水龙头滴落

明　天

随着年龄的增长
开始仔细地看院子
萌发的嫩叶很珍贵
野鸟情侣令人欣慰

从亡父那一代开始住的家
原本是树木的柱子
生锈的钉子原本是矿石
一切人造物皆属于自然

什么也不做，什么也不想
学会了这样的本领
明天愈来愈近

为防摔倒，我站起身
开始步入悠然的时间
拄着梦一般柔韧的拐杖

暮　色

向着暮色
坐在椅子上
隔壁房间透出灯光
在那里的人
已经离开这个世界
我还不够痛苦

在我身体
最深的深渊
有人在练习大提琴
音乐之前的原始音调
触动我的心弦
我还不够痛苦

语言先行
心追随其后
身体不等我开口，就一直在那里
暮色渐浓
遥远天空残留着光
只是悲伤，我还不够痛苦

关于"谷川俊太郎"的十个问题①

田　原

◆您是如何"遇见"谷川俊太郎的？

田原：遇见谷川俊太郎是在其作品之后。二十世纪九十年代中期，为了祝贺我的一本中英文对照版诗集的出版，当时我留学的天理大学在植谷元（1931—2016）教授的组织下，在 JR 天理车站对面的一家档次颇高的中餐馆为我举办了一场出版纪念会，那次纪念会，记得除了本大学几十位教职人员参加外，还有周边的奈良女子大学和其他几个大学的教授以及企业家参加。就是在那次纪念会上，研究和翻译莎士比亚的天理大学英美学科的小林孝信教授把我叫到一边说，希望下周三我能在他的课堂谈谈自己的诗歌。因为当时我的日语还处在学习阶段，担心无法用日语表达清楚，可还没等我婉拒时，小林教授便说不用担心，有我在呢，用你学会的日语表达就可以了。就是为了那次"约定"，小林教授把谷川俊太郎的十几首诗（早期作品）和我的七八首英文诗精心制作了两张 B4 大小的资料发给学生。在课堂上，面对三四十位英美学科的学生，我除了紧张外，根本没有余力去看印在资料上的谷川诗歌，因为下一句要说的日语中用哪个助词和单词表达就已经使我用尽浑身解数了。吞吞吐吐蒙混过关后回到宿舍，借着从国内带来的《日汉大辞典》，我试着翻译了几首资料上谷川的诗，惊奇和兴奋之余，忽然想到，怎么在留学前没读过这样的日本诗人作品呢。翌日，我带着这种兴奋

---

① 本文是编译者田原于 2021 年 6 月 1 日接受单向街书店张迪女士的访谈。

去拜访了小林教授的研究室，他从书架上抽出一本厚厚的《文艺年鉴》，翻开印有谷川俊太郎地址的那一页，嘱咐我把地址抄下来，给他寄一册诗集，说："谷川英语很好，能读懂英文诗。诗集寄出后说不定还能收到他的回复呢。"按照小林教授的吩咐，我几天后给谷川俊太郎寄了一册诗集。一周后，果真收到了谷川俊太郎寄来的一张可爱的、只写了寥寥数语的明信片。因为当时正紧锣密鼓准备考研，真正翻译他的诗是 1996 年 4 月考入国立大阪大学（当时为大阪外国语大学）的硕士班之后。跟他第一次见面也是在 1996 年暑假，那次我应日本女诗人财部鸟子（1932—2020）的邀请，前往群马县前桥市为应邀参加第 16 届世界诗人大会的中国诗人牛汉当翻译。谷川俊太郎作为那次大会的特约嘉宾，只在舞台上朗诵了几首诗。当天下午，我撮合谷川俊太郎、牛汉和几位日本诗人进行了一场无主题的对话。跟他的交往从此开始。

◆对您而言，谷川俊太郎与其他诗人最大的不同是什么？

田原：谷川从未把写诗当作高高在上的职业，从他身上也几乎感受不到作为一位家喻户晓的国民诗人的优越感。谦逊和勤奋造就了他的伟大和不朽。跟大部分一生只满足一种写法甚至在不断的自我重复中自以为是的诗人相比，谷川俊太郎总是很快对同一种写法产生厌倦，在不断的自我否定和更新中提升自己，这一点是造就他诗歌文本多样化的主要因素。至今，他出版了 80 余本诗集，创作了 4000 多首诗。进入耄耋之年，仍笔耕不辍。儿童诗、讽刺诗、诗剧、叙事诗、童谣、绘本、抒情的、写实的、抽象的、超现实的等等，各种手法和文体应有尽有。谷川最初写作的出发点并不是为了做一位伟大诗人，而是通过写作，靠版税和稿费养家糊口。一生勤勤恳恳，他实现了自己最为朴素的人生理想。毫无疑问，他应该是地球上靠写作收入最高的诗人。再附加一点，谷川俊太郎是能够影响普通读者的诗人。

◆您认为最能代表这种不同的诗是哪几首？

田原：各个年代都有不同的代表作。《二十亿光年的孤独》《活着》《缓慢的视线》《大海》《关于灰之我见》《河童》《胡萝卜的光荣》《再见》《日本与我》《圆白菜的疲劳》《黄金的虚伪》等。

◆在翻译谷川俊太郎诗歌的过程中，耗时最久的是哪一首？其中的原因是什么？

田原：《河童》。这首只有六行的短诗是谷川创作的一系列语言游戏之歌中的一首。这类诗因为节奏先行，不注重意义表现，在翻译时几乎无从下手。因为把一种语言的节奏（或语言的声音）移植到另一种语言是困难的。《河童》虽短，却整整耗费了一年多时间才定稿。为什么诗人要创作这类不注重意义的诗歌？这要从日语本身的语言特点说起。日语作为无法押韵的语言，为了挑战自己母语的这种先天性"缺陷"，诗人身体力行，创作了一系列脍炙人口的语言游戏之歌，而且表记文字都是清一色的假名。一般而言，在日语的表记形式里，汉字、平假名、片假名（包括偶尔登场的罗马字）约定俗成地按照一定比例同时在一句话里登场是理所当然的事，如果只是用平假名表记，其实就构成"语言犯规"，这个话题在现代日语语言学中一言难尽，在此不过多涉及。对于这类诗歌写作，虽然最终谷川也承认以"失败"告终，但尝试这类诗歌写作的意义却是无限的，这类诗歌为拓宽现代日语的表现空间起到了不可估量的积极作用。再延伸一点，在意义泛滥的今天，如何确立无懈可击的语言美感，可能也是诗人想要探索的吧。这类诗歌写作可能到谷川为止了。

◆"时间是诗人的大敌。"谷川俊太郎的诗却跨越了这种限制，今日仍然受到很多读者的喜爱，而且新的读者也越来越多。除去媒体发展的助力，从他的诗歌本身出发，您认为其原因是什么？

田原：他的诗没有局限在特定的时代、社会和个我之中，用简约平易的语言表现着朝向宇宙的想象。这是天才加勤奋的结果吧。

◆在多年翻译谷川俊太郎的经验中，您观察到他自身的变化了吗？

田原：肉体渐渐衰老，诗歌越发年轻。

◆您曾在一次采访中说道，您观察到同为汉语圈，国内不同地区对谷川俊太郎诗歌的审美倾向不尽相同，同时，这种不同也在随时间发生改变。您如何观察今天汉语圈对谷川俊太郎诗歌的审美偏好？

田原：对于作品的取舍和审美趣味，社会制度和人文环境的不同会有一点差异，但具有普遍价值的作品会越过这些差异的樊篱抵达读者心灵的。谷川俊太郎最初进入汉语圈并没有借着媒体的吹捧，更没有借着什么什么奖的光环，而是凭靠他的文本征服了更多的读者。20多年来，他在中国的读者越来越多，靠的就是过硬的文本。没有过硬的文本支撑，只是靠媒体或小圈子的炒作和吹捧都是暂时和无效的！诗歌作为时间的艺术，只有时间才有资格对她说长道短。由于现代媒体的发达和文化信息的全球化，审美早已由封闭的单一性变成了敞开的多元性。汉语圈对谷川俊太郎的诗歌审美偏好还是交给时间来回答吧。

◆"都说诗人是艺术家，但我更愿意称自己是手艺人，我是语言的匠人，以此手艺为生。"谷川俊太郎曾经这样评价自己。从最了解谷川俊太郎的译者的角度出发，您如何理解这句话？

田原：没有谦逊的虔诚之心和忠实于自己内心的人是说不出这句话的。我一直觉得正是这种谦逊之心使谷川抵达了众人须仰视才见的高度。这种教养并不是与生俱来的，而是靠得后天的修炼养成。按说，无论是谷川家庭的优渥出身，还是谷川自身的知名度和影响力以及经济等诸条件，可以说谷川俊太郎比任何诗人都更具有骄傲的资本。但他没有。恰恰是这些优渥的条件使他对权威持有反感。

他至今仍坚守着自己的人生信条，不接受政府和有政治背景的任何奖项。在日本，他拒绝过总理大臣文学奖和天皇颁发的文化勋章。谷川的这句话也可以解读为是对自己作品的自信吧。

◆如果要给还未读过谷川俊太郎的人推荐一首他的诗，您会选择哪一首？

田原：《自我介绍》。

图书在版编目（CIP）数据

谷川俊太郎诗精选 /（日）谷川俊太郎著；田原编
译. -- 武汉：长江文艺出版社，2023.10
（名家诗歌典藏）
ISBN 978-7-5702-2367-1

Ⅰ. ①谷… Ⅱ. ①谷… ②田… Ⅲ. ①诗集－日本－
现代 Ⅳ. ①I313.25

中国版本图书馆 CIP 数据核字（2021）第 265450 号

谷川俊太郎诗精选
GUCHUAN JUNTAILANG SHIJINGXUAN

责任编辑：梅若冰　　　　　　　　责任校对：毛季慧
封面设计：颜森设计　　　　　　　责任印制：邱　莉　杨　帆

出版：长江出版传媒　｜　长江文艺出版社
地址：武汉市雄楚大街 268 号　　　邮编：430070
发行：长江文艺出版社
http://www.cjlap.com
印刷：湖北新华印务有限公司

开本：880 毫米×1230 毫米　　1/32　　印张：6.5　　插页：4 页
版次：2023 年 10 月第 1 版　　　2023 年 10 月第 1 次印刷
行数：5408 行

定价：48.00 元